MITOS GREGOS

Texto e ilustrações
de Rob Shone

Tradução de Andrei Cunha

CB026419

Coordenação editorial
Adilson Miguel

Editora assistente
Bruna Beber

Revisão
Thiago Barbalho
Lilian Ribeiro de Oliveira

Edição de arte
Marisa Iniesta Martin

Projeto gráfico de capa
aeroestúdio

Diagramação
aeroestúdio

editora scipione

Avenida das Nações Unidas, 7221
CEP 05425-902 — São Paulo — SP
ATENDIMENTO AO CLIENTE
Tel.: 4003-3061
www.scipione.com.br
e-mail: atendimento@scipione.com.br

2023

ISBN 978-85-262-8523-1 – AL
ISBN 978-85-262-8524-8 – PR

CAE: 265078 – AL

Código do livro CL: 737733

1.ª EDIÇÃO
*10.*ª impressão

Impressão e acabamento
EGB Editora Gráfica Bernardi

© David West Children's Books, 2006
Projeto original da coleção e direção:
David West Children's Books
7 Princeton Court
55 Felsham Road
London SW15 1AZ
Título original: *Greek myths*
Traduzido do inglês por Andrei Cunha
© para a edição brasileira, Editora Scipione, 2011
Todos os direitos reservados.

Ao comprar um livro, você remunera e reconhece o trabalho do autor e de muitos outros profissionais envolvidos na produção e comercialização das obras: editores, revisores, diagramadores, ilustradores, gráficos, divulgadores, distribuidores, livreiros, entre outros.

Ajude-nos a combater a cópia ilegal! Ela gera desemprego, prejudica a difusão da cultura e encarece os livros que você compra.

Dados Internacionais de Catalogação na Publicação (CIP)
(Câmara Brasileira do Livro, SP, Brasil)

Shone, Robert
Mitos gregos / textos e ilustrações Rob Shone; tradução de Andrei Cunha. – São Paulo: Scipione, 2011. (Coleção Mitos em Quadrinhos)

Título original: *Greek myths*.

1. Contos gregos – Literatura infantojuvenil 2. Histórias em quadrinhos I. Shone, Rob. II. Título. III. Série.

11-09377 CDD-741.5

Índice para catálogo sistemático:
1. Histórias em quadrinhos 741.5

SUMÁRIO

O MUNDO HELÊNICO

Os antigos gregos eram muito supersticiosos e veneravam muitos deuses e deusas. Como não tinham acesso ao conhecimento científico de que dispomos hoje, os gregos usavam mitos e histórias sobre seus deuses para explicar o mundo em que viviam.

Templos e cultos

Os gregos construíram muitos templos dedicados a seus deuses. Nesses lugares sagrados, viviam sacerdotisas e sacerdotes, encarregados de serviços ou rituais diários. Os gregos antigos iam aos templos rezar e deixar oferendas, tais como azeite de oliva, vinho e animais, para que os deuses ouvissem seus pedidos. Eles também acreditavam que deviam consultar os deuses sobre todos os eventos e decisões importantes de suas vidas.

Os oráculos

Os gregos tinham o hábito de consultar sacerdotes e sacerdotisas que supostamente tinham conexões com os deuses, para saber o que ia acontecer no futuro. Esses sacerdotes, também chamados oráculos, entravam em transe, e suas respostas eram traduzidas por um outro sacerdote. O mais famoso oráculo era a Pitonisa de Delfos, que muitos acreditavam ser capaz de falar com o deus Apolo.

Perseu era um grande herói da Grécia antiga, famoso por ter matado a Medusa.

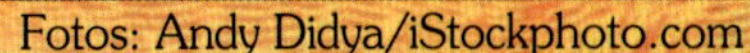
Fotos: Andy Didya/iStockphoto.com

Acrópole de Atenas, onde se destaca o Partenon, edifício construído no século V a.C.

Mitos e lendas

Algumas histórias gregas nasciam da necessidade de dar um sentido à vida cotidiana. Outras abordavam os defeitos dos homens. E havia aquelas que serviam apenas para a diversão.

Os gregos mais antigos criaram mitos sobre deuses. Nas épocas seguintes, criaram-se histórias de heróis e aventuras. Por exemplo, a lenda de Jasão é baseada em uma viagem real, ocorrida em torno de 1400 a.C. No entanto, quando foi escrita, cerca de mil anos depois, ela já havia sido transformada em um conto sobrenatural, com deuses e monstros.

Essas mudanças nos ajudam a compreender como a contação de histórias está na origem dos mitos gregos que conhecemos hoje.

Hércules foi um dos heróis mais populares da Grécia antiga. Aqui, ele está representado derrotando Ládon, o dragão.

TRÊS MITOS GREGOS

Jasão
Filho do legítimo rei de Iolco. Seu tio Pélias usurpou o trono.

Neste livro são contadas três histórias de aventura tipicamente gregas, com heróis famosos e que exploram temas básicos: a natureza humana, a coragem e como ser mais esperto que seus inimigos.

Jasão e os argonautas

Jasão é um herói famoso. Graças à sua bravura e à sua esperteza, encontra o velocino de ouro e retoma o trono de seu perverso tio Pélias. Para ajudá-lo em sua aventura, precisa encontrar um número suficiente de bravos heróis para formar a tripulação de seu navio, o Argo. Juntos, esses heróis precisam derrotar terríveis criaturas, como as harpias e o exército nascido dos dentes de um dragão, e também sobreviver ao desafio das rochas flutuantes. Contam com a ajuda de Hera, que deseja destruir Pélias, e de Medeia, que se apaixona por Jasão.

Medeia
Filha de Eetes, rei da Cólquida. Poderosa feiticeira e sacerdotisa de Hécate.

O velocino de ouro
O velocino é a pele de Crisômalo, um carneiro voador. Crisômalo seria sacrificado, mas foi salvo por um menino chamado Frixo, que voou com ele até a Cólquida. Lá, Eetes ajudou o garoto e guardou o velocino em um bosque sagrado, onde um dragão o vigia.

Pélias
Rei de Iolco e tio de Jasão. Roubou o trono de seu irmão Esão, pai de Jasão.

Ícaro

A história de Ícaro é usada até hoje como aviso aos descuidados, aos gananciosos e aos desobedientes. Dédalo constrói dois pares de asas, para que ele e seu filho possam escapar da prisão, em Creta. No entanto, as asas só funcionam bem longe do sol.

Dédalo e Ícaro
Dédalo é o grande inventor ateniense, responsável pelo projeto do famoso labirinto de Creta, para o rei Minos. Após a construção do labirinto, Minos decidiu prender Dédalo e seu filho, Ícaro.

Hércules
Filho de Zeus com uma mortal, também chamado de Héracles. Hera, esposa de Zeus, tinha ciúmes dele, pois era fruto de um dos casos extraconjugais de Zeus. Para compensar a traição, Zeus deu a seu filho o nome de Héracles, que significa "glória a Hera".

Euristeu
Primo de Hércules e rei de Micenas. Hera conseguiu que Zeus o nomeasse rei no lugar de Hércules.

Iolau
Amigo e ajudante de Hércules, auxiliou-o na derrota da terrível Hidra de Lerna.

Os trabalhos de Hércules

Os gregos gostavam muito de histórias sobre façanhas e heróis. Hércules é o maior de todos os heróis da Grécia antiga. Quando jovem, provou ser excelente com o arco e a flecha. Possuidor de força sobre-humana, tornou-se campeão de luta corpo a corpo. A deusa Hera, esposa de Zeus, invejosa da sua fama e sucesso, fez com que Hércules ficasse louco e assassinasse sua esposa e filhos. Pelos crimes, ele foi condenado a realizar uma série de trabalhos, determinados por seu primo, o rei Euristeu.

JASÃO E OS ARGONAUTAS

A DEUSA HERA QUERIA SE VINGAR DE PÉLIAS, REI DE IOLCO, POIS ELE ASSASSINARA A PRÓPRIA MADRASTA, SIDERO, DIANTE DO ALTAR DELA. HERA ESPEROU PACIENTEMENTE ATÉ ENCONTRAR A OPORTUNIDADE PERFEITA. UM DIA, DIANTE DO PALÁCIO...

ESTAVA NA CASA DE QUÍRON, O CENTAURO. ELE ME ENSINOU TUDO DESDE QUE EU ERA BEBÊ. MAS VOLTEI TARDE, POIS MEU PAI... ESTÁ MORTO.

SIM, JASÃO. TODOS SENTIMOS FALTA DELE.

DEPOIS DA MORTE DE SEU PAI, EU ME TORNEI REI.

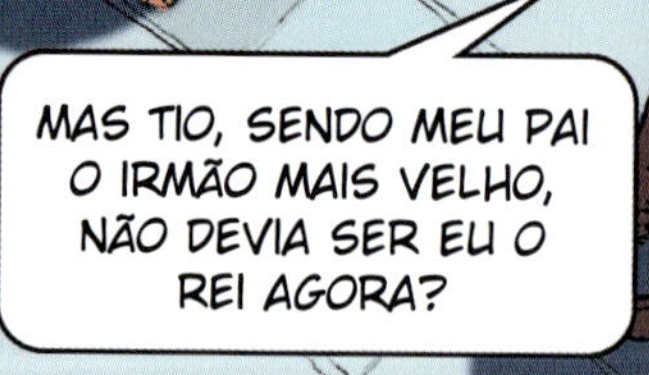

MAS TIO, SENDO MEU PAI O IRMÃO MAIS VELHO, NÃO DEVIA SER EU O REI AGORA?

É VERDADE. VOCÊ **SERÁ** REI. MAS, PRIMEIRO, VOCÊ DEVE PROVAR SEU VALOR.

TENHO TIDO SONHOS TERRÍVEIS. NOS SONHOS, VEJO UM VELOCINO DE OURO. TENHO MEDO DO QUE ISSO POSSA SIGNIFICAR.

SOU UM POBRE VELHO CANSADO. A ÚNICA COISA QUE ME TRANQUILIZARIA É O VELOCINO DE OURO. TRAGA O VELOCINO PARA MIM, E LHE DAREI O TRONO!
EU LHE TRAREI O VELOCINO, TIO.

QUE BURRO! ELE NUNCA ACHARÁ O VELOCINO. EU MATEI O PAI DELE. E AGORA O FILHO SE ENCAMINHA PARA A MORTE!

JASÃO FOI PEDIR AJUDA A QUÍRON, SEU VELHO PROFESSOR...
VOCÊ VAI PRECISAR DE UM NAVIO E DE UMA EQUIPE. DIZEM QUE O VELOCINO ESTÁ NA CÓLQUIDA, QUE FICA LONGE, NO ORIENTE.
NÃO SERÁ UMA VIAGEM FÁCIL. VÁ FALAR COM ARGO. ELE FARÁ UM NAVIO PARA VOCÊ. DEIXE COMIGO A SELEÇÃO DOS TRIPULANTES.

QUÍRON ESPALHOU A NOTÍCIA DA TAREFA DE JASÃO PELOS QUATRO CANTOS DA GRÉCIA. MUITOS HERÓIS SEDENTOS DE AVENTURAS FORAM TENTAR A SORTE EM IOLCO. DENTRE ELES ESTAVAM ORFEU, TÉLAMON, CASTOR E PÓLUX. ATÉ HÉRCULES, O MAIOR DE TODOS OS HERÓIS GREGOS, FEZ POR ALGUM TEMPO PARTE DA TRIPULAÇÃO.
ENQUANTO ISSO...
AQUI ESTÁ, JASÃO. UM BARCO ESGUIO, DE CASCO RASO, E VELOZ.
É UM NAVIO MAGNÍFICO, ARGO.
JASÃO DEU AO BARCO O NOME DO CONSTRUTOR: ARGO. OS HERÓIS TRIPULANTES RECEBERAM O NOME DE ARGONAUTAS. FINALMENTE, PARTIRAM EM SUA MISSÃO...

NO CAMINHO, FIZERAM PARADA EM UMA ILHA PARA JUNTAR SUPRIMENTOS.
DE REPENTE...
CUIDADO!
O QUE É ISSO?
SÃO OS GEGÊNIOS!
HÉRCULES, QUE FICARA PARA TRÁS, COMBATEU OS MONSTROS DE SEIS BRAÇOS, PARA QUE O RESTO DA TRIPULAÇÃO PUDESSE EMBARCAR.
E NAVEGARAM ATÉ A TRÁCIA.
BEM-VINDOS, FORASTEIROS! EU SOU FINEU, O VIDENTE.
ZEUS ME FEZ CEGO PORQUE EU CONTAVA OS SEUS SEGREDOS. SEI QUE VÃO À CÓLQUIDA E POSSO AJUDÁ-LOS A CHEGAR LÁ, SE VOCÊS PRIMEIRO ME AJUDAREM.

COMO SE A CEGUEIRA NÃO BASTASSE, TODO DIA ZEUS MANDA SUAS HARPIAS ROUBAREM MINHA COMIDA. SE VOCÊS ACABAREM COM ELAS, EU LHES DIREI COMO CHEGAR À CÓLQUIDA.

DOIS DOS ARGONAUTAS PODIAM VOAR: ZETES E CALAIS. QUANDO AS HARPIAS SE APROXIMARAM...

ELAS NÃO RETORNARÃO, FINEU. AGORA, DIGA-NOS COMO CHEGAR À CÓLQUIDA.
PRIMEIRO, VOCÊ TERÁ DE PASSAR PELAS ROCHAS FLUTUANTES.

ELAS BOIAM NA ÁGUA. QUANDO ALGUÉM TENTA PASSAR POR ELAS, AS ROCHAS SE JUNTAM E ESMAGAM OS AVENTUREIROS.
ENTÃO, NÃO PODEMOS PASSAR DE NAVIO.
HÁ UMA MANEIRA...

JASÃO SEGUIU AS INSTRUÇÕES DE FINEU.
MANDE UM POMBO ATRAVESSAR AS ROCHAS ANTES DO NAVIO!
AS PEDRAS SE CHOCARAM CONTRA O PÁSSARO, E VOLTARAM A SE DISTANCIAR.
AGORA! SE QUISERMOS UM DIA VOLTAR À GRÉCIA, É HORA DE **REMAR** SEM DESCANSO!
O ARGO ATRAVESSOU A FENDA ANTES QUE AS ROCHAS SE FECHASSEM.
E OS ARGONAUTAS CONTINUARAM SUA VIAGEM.

LOGO, CHEGARAM À ILHA DE EA, CAPITAL DE CÓLQUIDA.
NO PORTO...
BEM-VINDOS, ESTRANGEIROS. MEU NOME É MEDEIA, FILHA DO REI EETES.
ENQUANTO ISSO, OS PLANOS DE HERA COMEÇAVAM A VIRAR REALIDADE. A DEUSA FEZ COM QUE MEDEIA SE APAIXONASSE POR JASÃO.
HOUVE UM BANQUETE EM SUA HOMENAGEM.
EM GERAL, NÃO GOSTAMOS DE ESTRANGEIROS AQUI. MAS VOCÊ, JASÃO, SENDO CONVIDADO DE MINHA FILHA, MERECE NOSSA HOSPITALIDADE.

JASÃO EXPLICOU AO REI SOBRE SUA MISSÃO.
O VELOCINO É SAGRADO PARA NÓS, MAS SERIA GROSSEIRO RECUSAR O PEDIDO DE UM HÓSPEDE.
PODE LEVÁ-LO, JASÃO, MAS ANTES PEÇO QUE ME FAÇA UM FAVOR...

EETES PEDIU A JASÃO QUE JUNGISSE DOIS TOUROS, ARASSE O CAMPO E O SEMEASSE...
TEM COISA MAIS SIMPLES, MEDEIA?
ESSES TOUROS TÊM CASCOS DE BRONZE E SOLTAM FOGO PELAS VENTAS!
E AS SEMENTES SÃO DENTES DE DRAGÃO. AO BROTAREM, ELAS SE TORNAM UM EXÉRCITO.
SOU A MAIS ALTA SACERDOTISA DE HÉCATE, DEUSA DA MAGIA. POSSO AJUDAR VOCÊ...
LEVE ESTE ÓLEO, PASSE-O NO CORPO. ELE O PROTEGERÁ DOS CASCOS E DOS TOUROS.
E O EXÉRCITO?
APENAS SIGA MEU CONSELHO.
JASÃO SE APROXIMA DOS TOUROS. MEDEIA E OS ARGONAUTAS OBSERVAM TUDO...

DEPOIS DE JUNGIR OS TOUROS, JASÃO SEMEOU OS DENTES DE DRAGÃO.
SEGUINDO O CONSELHO DE MEDEIA, JASÃO JOGOU UMA PEDRA NO ELMO DE UM DELES...
TÓÓIIIINNNN
O SOLDADO ACHOU QUE O GUERREIRO A SEU LADO ERA QUEM O HAVIA ATINGIDO E PARTIU PARA O ATAQUE. EM BREVE, TODOS OS SOLDADOS DOS DENTES DE DRAGÃO ESTAVAM LUTANDO ENTRE SI...
ATÉ QUE NÃO SOBROU NENHUM.

MEU PAI NÃO O DEIXARÁ LEVAR O VELOCINO, JASÃO. DEVEMOS PEGÁ-LO ESTA NOITE!
MAIS TARDE...
O VELOCINO ESTÁ LÁ, MAS UM DRAGÃO O PROTEGE. E ELE NÃO DORME NUNCA!
DERRAME ESTA POÇÃO SOBRE O DRAGÃO. ELE ADORMECERÁ.
E, DEPOIS QUE O DRAGÃO PEGAR NO SONO...

JÁ NO PORTO...
PEGUEI O VELOCINO! RÁPIDO, DEVEMOS PARTIR!
JASÃO! LEVE-ME COM VOCÊ! NÃO POSSO MAIS FICAR AQUI, POIS TRAÍ MEU PRÓPRIO PAI!
LÁ VÊM OS CÓLQUIDAS!
OS ARGONAUTAS LUTAM CONTRA OS CÓLQUIDAS...
... E MATAM O REI EETES.
NO FIM, ELES CONSEGUEM ESCAPAR.
QUANDO CHEGARMOS A IOLCO, EU SEREI REI, E VOCÊ, RAINHA!

NO CAMINHO PARA A CASA, OS ARGONAUTAS ENFRENTAM MUITOS PERIGOS. NA ILHA DE CRETA...
VEJAM, É TALOS! O ÚLTIMO DOS AUTÔMATOS DE BRONZE!

MAIS UMA VEZ, OS ARGONAUTAS SÃO SALVOS POR MEDEIA. ELA FEZ COM QUE O AUTÔMATO DEIXASSE UMA PEDRA CAIR...
... SOBRE SEU PONTO FRACO.

FINALMENTE, JASÃO CHEGA A IOLCO.
PÉLIAS! AQUI ESTÁ SEU VELOCINO. AGORA CEDA-ME O TRONO!
JASÃO! COMO?

JASÃO! VOCÊ TROUXE O VELOCINO! VOCÊ DEVE ESTAR CANSADO. VÁ REPOUSAR, E JÁ LHE DAREI A COROA.
PRECISO DE TEMPO PARA ME LIVRAR DELE!

JASÃO, PÉLIAS QUER FICAR COM O TRONO. ELE VAI TENTAR MATAR VOCÊ.
O QUE PODEMOS FAZER?
TENHO UM PLANO.

NAQUELA NOITE...

MEDEIA USOU SEU PODERES...
... E CRIOU UMA POÇÃO MÁGICA.

NA MANHÃ SEGUINTE...
PÉLIAS, EU TAMBÉM TENHO UM PRESENTE PARA VOCÊ. VEJA ESTE VELHO CARNEIRO QUE EU MATEI...

MEDEIA DERRAMOU A POÇÃO SOBRE O CARNEIRO MORTO...
ELE VIROU **UM CORDEIRO!**
EU POSSO DEVOLVER-LHE A JUVENTUDE, PÉLIAS. QUE TAL?
BÉÉÉÉÉÉÉÉ!
SIM, MEDEIA! FAÇA-ME **JOVEM** DE NOVO!

NAQUELA NOITE, MEDEIA FOI FALAR COM AS FILHAS DO REI...

O REI PÉLIAS ESTÁ DORMINDO. VOCÊS DEVEM SEGUIR MINHAS INSTRUÇÕES PARA QUE A MÁGICA DÊ CERTO. PEGUEM SUAS FACAS E ENFIEM-NAS COM FORÇA NO PEITO DE SEU PAI. DEPOIS, DESPEJEM A POÇÃO. ELE VOLTARÁ A SER JOVEM, COMO QUANDO VOCÊS ERAM CRIANÇAS.

RÁPIDO, IRMÃ! A POÇÃO!
MAS NÃO ESTÁ ACONTECENDO NADA!
PAI!

A POÇÃO ERA FALSA.
NÓS O MATAMOS!

PÉLIAS MORREU, HERA FOI VINGADA PELA MORTE DE SIDERO E JASÃO SE TORNOU REI DE IOLCO. ESTA FOI A ÚLTIMA GRANDE AVENTURA DE JASÃO.
FIM

ÍCARO

DÉDALO, INVENTOR E CONSTRUTOR, ESTÁ EM SUA OFICINA. ELE NÃO PODE SAIR DA PRÓPRIA CASA, POR ORDEM DE MINOS, REI DE CRETA. SEU FILHO, ÍCARO, ESTÁ PRESO COM ELE.
PAI, QUANDO VAMOS PODER SAIR DAQUI?
LOGO, LOGO, ÍCARO.
O QUE VOCÊ ESTÁ FAZENDO?
VOCÊ VAI VER.
POSSO AJUDAR?
NÃO! NÃO, ÍCARO, EU RESOLVO.
SE QUISER, POR QUE NÃO ME AJUDA A CONSEGUIR MAIS PENAS?
PENAS DE NOVO! AGORA EU PASSO O TEMPO TODO ATRÁS DE PENAS E NEM POSSO ME DIVERTIR.

QUERIA TANTO VOLTAR PARA CASA, EM ATENAS. O CRUEL REI MINOS ME PRENDEU AQUI PORQUE AJUDEI MEUS COMPATRIOTAS ATENIENSES.

ELES IAM SER DEVORADOS PELO MONSTRO MINOTAURO! EU TINHA QUE AJUDÁ-LOS.

PAI, EU TROUXE MAIS PENA... **O QUE É ISSO?**
MINOS PODE SER REI DESTAS TERRAS, MAS ELE NÃO MANDA NOS CÉUS!
VIU? EU NÃO ESTAVA MENTINDO! LOGO PODEREMOS ESCAPAR DAQUI E VOLTAR PARA ATENAS.

AS PENAS QUE VOCÊ TROUXE AGORA SÃO SUFICIENTES PARA FINALIZAR NOSSAS ASAS. AMANHÃ VOAREMOS!

NO DIA SEGUINTE, DÉDALO TESTOU SUA INVENÇÃO.
OLHE SÓ, ÍCARO! **FUNCIONA!**

AGORA PODIAM VOAR.
ÍCARO, NÃO SE APROXIME MUITO DO SOL. O CALOR DERRETERÁ A CERA QUE COLA AS PENAS. TAMBÉM NÃO CHEGUE MUITO PERTO DO MAR, PORQUE, SE AS PENAS MOLHAM, AS ASAS NÃO FUNCIONAM.

... E NÃO SE AFASTE DE MIM, FILHO!

PAI E FILHO CONSEGUEM ESCAPAR DA PRISÃO.
FINALMENTE, CHEGAM AO MAR... E ESTÃO LIVRES.

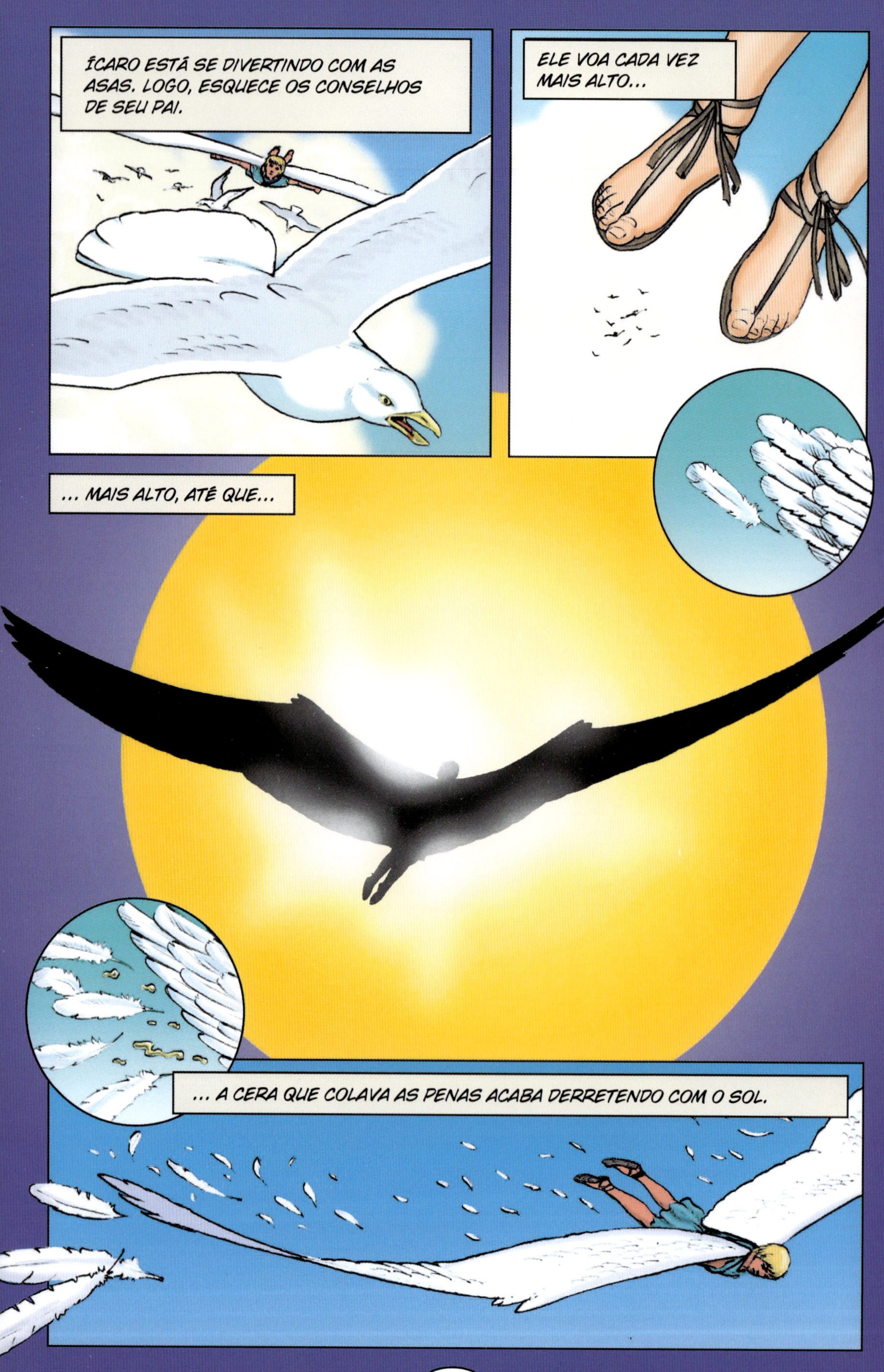
ÍCARO ESTÁ SE DIVERTINDO COM AS ASAS. LOGO, ESQUECE OS CONSELHOS DE SEU PAI.
ELE VOA CADA VEZ MAIS ALTO...
... MAIS ALTO, ATÉ QUE...
... A CERA QUE COLAVA AS PENAS ACABA DERRETENDO COM O SOL.

DÉDALO PERCEBE QUE ÍCARO ESTÁ LONGE DALI.
ÍCARO!
PAAAAAAAAAAAI!
TCHHHIBUUMM!
DÉDALO PROCURA POR SEU FILHO, MAS NÃO HÁ NEM SINAL DELE. NÃO HÁ MAIS NADA A FAZER. NÃO PODENDO VOLTAR A CRETA, DECIDE VOAR SOZINHO ATÉ ATENAS.
FIM

OS TRABALHOS DE HÉRCULES

... FINALMENTE, O ANIMAL ESTAVA ENCURRALADO.

O ATAQUE FINAL...

POR QUE HÉRCULES TIVERA DE MATAR UM LEÃO? SUA MADRASTA, A DEUSA HERA, HAVIA FEITO COM QUE ELE TIVESSE UM ACESSO DE LOUCURA E MATASSE SUA ESPOSA E FILHOS. PARA PUNI-LO, OS DEUSES O FORÇARAM A SERVIR SEU PRIMO, EURISTEU, REI DE MICENAS. EURISTEU ORDENOU QUE HÉRCULES CUMPRISSE DOZE TAREFAS, OU TRABALHOS. AGORA, HÉRCULES VOLTAVA AO PALÁCIO PARA RECEBER MAIS UMA ORDEM...

HÉRCULES LEVOU SEU AMIGO IOLAU JUNTO COM ELE.
O QUE É QUE ESSA HIDRA TEM DE MAIS? NÃO É SÓ UMA COBRA-D'ÁGUA GRANDE?
LOGO SABEREMOS.
AO CHEGAR A ARGOS...
ESTAMOS CHEGANDO, HÉRCULES!
IOLAU! CUIDADO!
NOVE CABEÇAS! O MONSTRO TEM NOVE CABEÇAS, HÉRCULES!
FIQUE AÍ. DEIXE COMIGO!
SHHPLEEECT!
QUÊ?

PARA CADA CABEÇA CORTADA POR HÉRCULES, CRESCIAM OUTRAS TRÊS.
PRECISA DE AJUDA, HÉRCULES?
IOLAU! RÁPIDO! ACENDA UMA FOGUEIRA!
IOLAU USOU UMA TOCHA PARA QUEIMAR OS PESCOÇOS CORTADOS DA HIDRA, ANTES QUE MAIS CABEÇAS BROTASSEM.
TCHHIIIII!
LOGO, SÓ RESTAVA UMA CABEÇA - A MAIOR DE TODAS.
HÉRCULES ENTERROU A ENORME CABEÇA.
PARA TER CERTEZA DE QUE ESTÁ MORTA!

EURISTEU QUERIA A CORÇA DE CERINEIA. ELA TINHA GALHOS DE OURO E CASCOS DE BRONZE. ELA ERA UM DOS ANIMAIS DE ESTIMAÇÃO DA DEUSA ÁRTEMIS. HÉRCULES CORREU ATRÁS DA CORÇA POR UM ANO, ATÉ CONSEGUIR FERI-LA E MATÁ-LA.

ÁRTEMIS FICOU FURIOSA AO SABER QUE HÉRCULES HAVIA MACHUCADO SUA CORÇA, MAS O PERDOOU AO SABER DE SEUS TRABALHOS. ELA CUROU A FERIDA DA CORÇA E PERMITIU QUE ELE A LEVASSE VIVA PARA O REI EURISTEU.

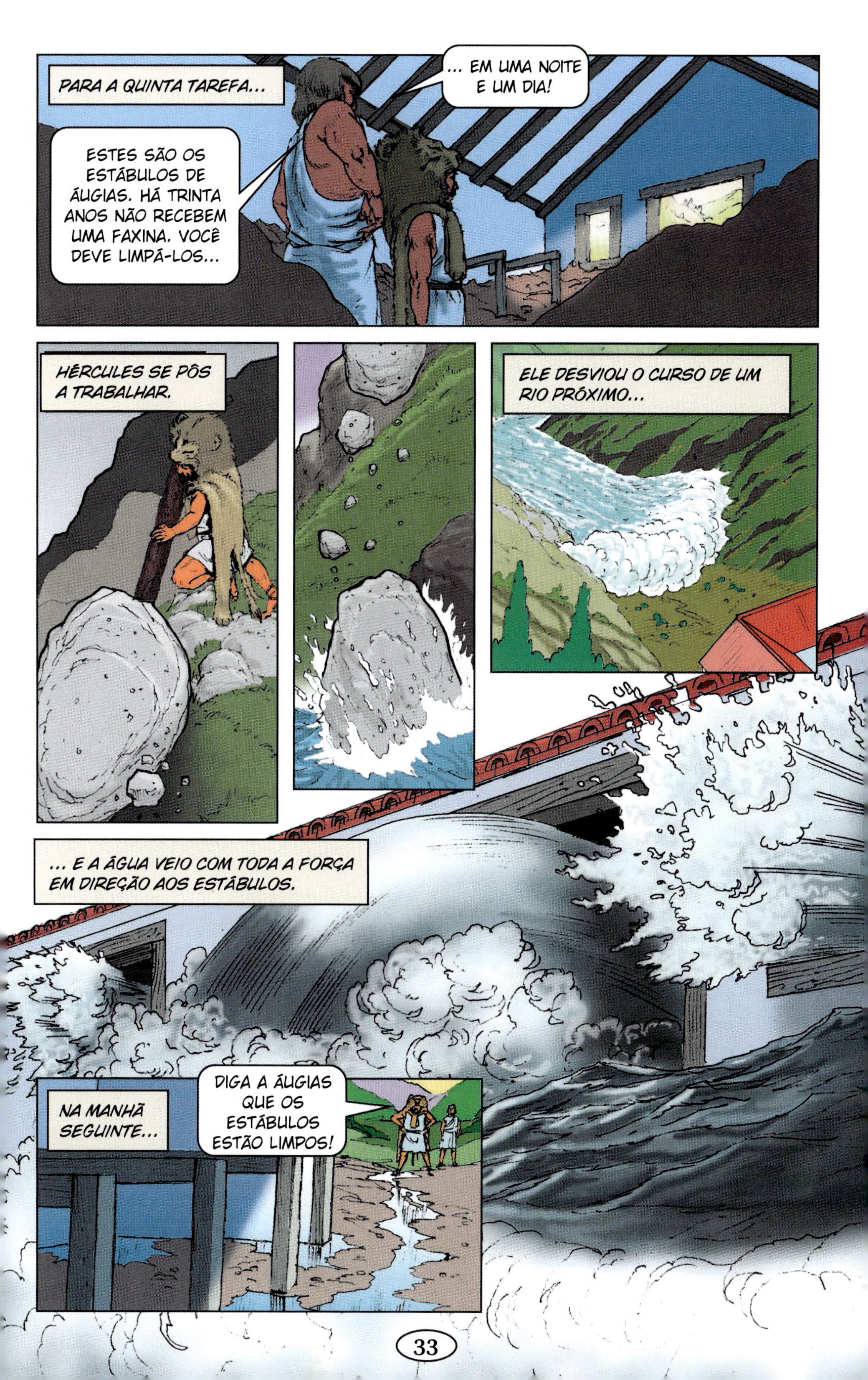
PARA A QUINTA TAREFA...
ESTES SÃO OS ESTÁBULOS DE ÁUGIAS. HÁ TRINTA ANOS NÃO RECEBEM UMA FAXINA. VOCÊ DEVE LIMPÁ-LOS...
... EM UMA NOITE E UM DIA!
HÉRCULES SE PÔS A TRABALHAR.
ELE DESVIOU O CURSO DE UM RIO PRÓXIMO...
... E A ÁGUA VEIO COM TODA A FORÇA EM DIREÇÃO AOS ESTÁBULOS.
NA MANHÃ SEGUINTE...
DIGA A ÁUGIAS QUE OS ESTÁBULOS ESTÃO LIMPOS!

A SEXTA TAREFA DE HÉRCULES ERA LIVRAR A CIDADE DE ESTÍNFALO DE UM BANDO DE PÁSSAROS MUITO PERIGOSOS.
PARA AJUDÁ-LO, A DEUSA ATENA DEU A HÉRCULES UM PAR DE CÍMBALOS MÁGICOS.
O SOM DOS CÍMBALOS ESPANTOU OS PÁSSAROS...
BLOOOOOOOOMMMMMMM!
... QUE PARTIRAM EM REVOADA. HÉRCULES MATOU-OS COM FLECHAS.
E ASSIM FOI REALIZADO O SEXTO TRABALHO.

O NONO TRABALHO ERA TRAZER O CINTURÃO DE HIPÓLITA, RAINHA DAS AMAZONAS. HIPÓLITA CONCORDOU EM DAR SEU CINTURÃO A HÉRCULES, MAS, QUANDO ELE ESTAVA SE DESPEDINDO DELA, A DEUSA HERA, DISFARÇADA, ESPALHOU BOATOS DE QUE A RAINHA IA SER RAPTADA. AS AMAZONAS ATACARAM HÉRCULES, E HIPÓLITA FOI ACIDENTALMENTE FERIDA DE MORTE.

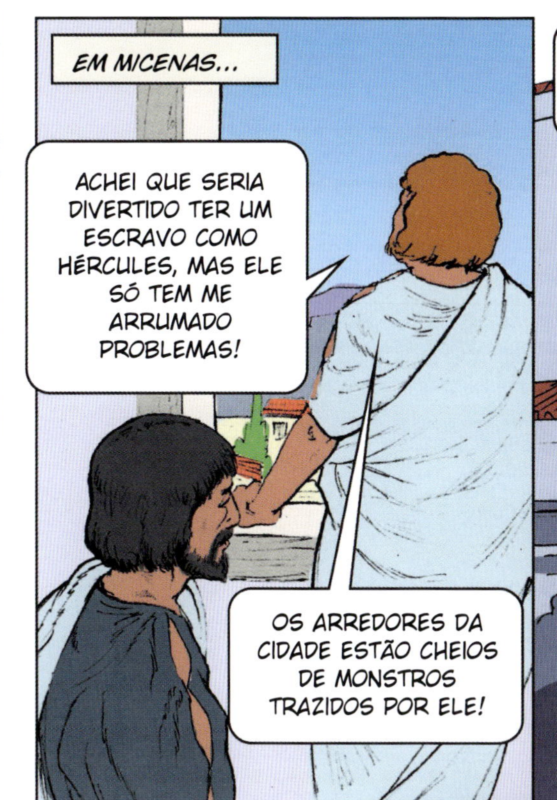

... VEJA, SENHOR, ESTE É HÉRCULES MATANDO O JAVALI DE ERIMANTO. VEJA QUE **LINDO TRABALHO**, ESTE DESENHO! **BARATÍSSIMO**!
NÃO ESTÁ NEM PARECIDO COM VOCÊ, HÉRCULES.
IOLAU!
FAZ TANTO TEMPO QUE VOCÊ PARTIU...
TERMINEI O DÉCIMO TRABALHO! QUER SABER COMO FOI?
... EURISTEU MANDOU QUE EU FOSSE À ILHA DE ERÍTIA, NA OUTRA PONTA DO MEDITERRÂNEO, BUSCAR O GADO BARROSO DE GERIÃO, UM GIGANTE COM TRÊS CABEÇAS E SEIS PERNAS.
O GADO ERA GUARDADO POR UM CÃO DE DUAS CABEÇAS, ORTRO...
... MAS EU ACABEI COM ELE!
PLÁÁÁÁÁÁÁÁÁÁS!
EU IA TRAZENDO O GADO, E ADIVINHA QUEM VEIO ME IMPEDIR? O PRÓPRIO GERIÃO!
ELE ME DESAFIOU PARA A LUTA. AGORA, ACHO QUE ELE NÃO VAI MAIS PRECISAR DE SEU GADO...

... AQUI ESTÃO OS BOIS! É SÓ ENTREGAR PARA EURISTEU E ESTOU QUITE COM MINHA DÍVIDA.

O QUE É TODO ESSE GADO BARROSO ANDANDO PELA CIDADE?
HMMM... GADO BARROSO... OH, NÃO! **HÉRCULES!**
RÁPIDO, LEVEM-ME A MEU CALDEIRÃO!

EURISTEU, EU SEI QUE VOCÊ ESTÁ AÍ.
BLOOIIIMM!
AI! MEUS OUVIDOS! NÃO, DAQUI EU NÃO SAIO, HÉRCULES!

TERMINEI AS DEZ TAREFAS. AGORA ESTOU LIVRE?
DEZ, HÉRCULES? EU SÓ CONTEI OITO.

A HIDRA NÃO VALEU, PORQUE VOCÊ TEVE AJUDA. E A FAXINA NOS ESTÁBULOS DE ÁUGIAS NÃO É FAÇANHA HEROICA QUE SE APRESENTE.

SINTO MUITO, VOCÊ AINDA ME DEVE **DOIS** TRABALHOS.
ALGUÉM AÍ EXPLICA PRA ELE O NEGÓCIO DAS **MAÇÃS**?

TRÊS MAÇÃS DE OURO DE PROPRIEDADE DE HERA FICAVAM GUARDADAS NO JARDIM DAS HESPÉRIDES. MONTANDO SEMPRE GUARDA, HAVIA UM DRAGÃO E TRÊS BELAS JOVENS, AS HESPÉRIDES.

HÉRCULES NÃO SABIA ONDE FICAVA ESSE JARDIM NEM COMO CONSEGUIR AS FRUTAS, MAS EURISTEU QUERIA AS MAÇÃS. HÉRCULES FOI FALAR COM ATLAS, PAI DAS HESPÉRIDES...

ATLAS ERA UM TITÃ, UM DOS DEUSES MAIS ANTIGOS. ELE HAVIA PERDIDO A GUERRA CONTRA ZEUS E FORA CONDENADO A SEGURAR O CÉU PARA SEMPRE.

HÉRCULES EXPLICOU A ATLAS O MOTIVO DE SUA VISITA.

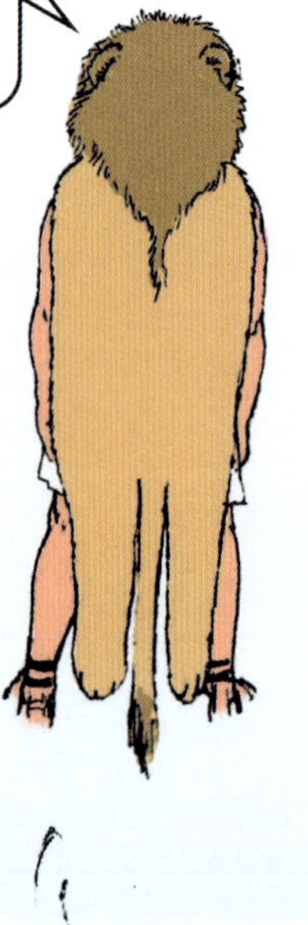

HÉRCULES TOMOU O LUGAR DE ATLAS.
UFFF!
EU NÃO DEMORO.

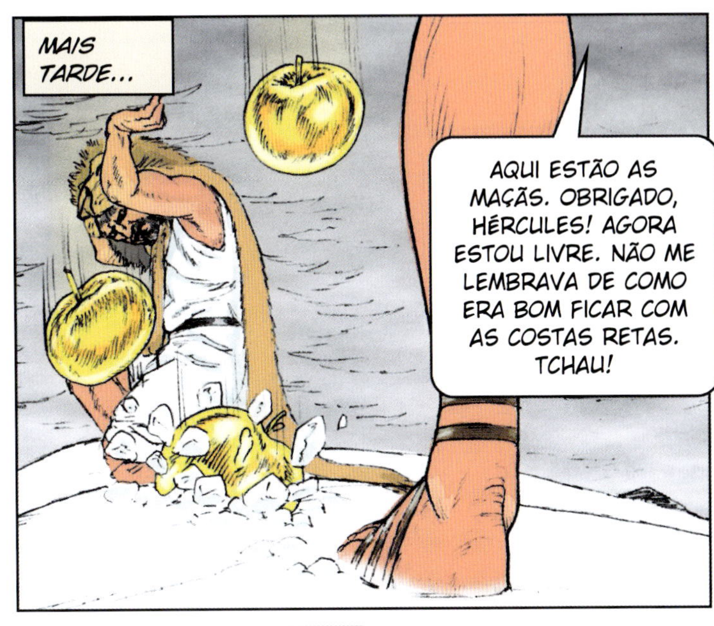
MAIS TARDE...
AQUI ESTÃO AS MAÇÃS. OBRIGADO, HÉRCULES! AGORA ESTOU LIVRE. NÃO ME LEMBRAVA DE COMO ERA BOM FICAR COM AS COSTAS RETAS. TCHAU!

EI, ATLAS, ESPERA AÍ. ESTOU COM UMA DOR NO OMBRO. VOCÊ PODERIA SEGURAR AQUI UM POUQUINHO ENQUANTO EU BUSCO UMA ALMOFADA PARA PROTEGÊ-LO?
TÁ, MAS SEJA RÁPIDO.

AH, BEM MELHOR! AGORA É MINHA VEZ DE DIZER TCHAU, ATLAS!
COMO?

HÉRCULES LEVOU AS TRÊS MAÇÃS DE OURO PARA MICENAS.
HÉRCULES! VOLTE AQUI!

NO PALÁCIO DO REI...
ESSE HÉRCULES AINDA VAI SER MINHA RUÍNA! ELE BEM QUE PODIA FALHAR UMA VEZ!
QUANDO HERA DER FALTA DE SUAS MAÇÃS, SOU EU QUEM VAI PAGAR O PATO! PRECISAMOS DEVOLVÊ-LAS.
PELO MENOS, O ÚLTIMO TRABALHO É BEM MAIS DIFÍCIL...
NA ENTRADA DO MUNDO SUBTERRÂNEO...
... O REINO DOS MORTOS. NENHUM MORTAL JAMAIS VOLTOU DE LÁ.
HADES, DEUS DO SUBTERRÂNEO, MEU NOME É HÉRCULES...
SIM, EU SEI QUEM VOCÊ É E POR QUE ESTÁ AQUI...
VOCÊ QUER LEVAR CÉRBERO, MEU CÃO DE GUARDA, PARA EURISTEU. ELE NÃO LHE ARRUMOU UMA TAREFA FÁCIL...

SE VOCÊ FALHAR, HÉRCULES, VOCÊ TERÁ DE FICAR AQUI PARA SEMPRE.
EU POSSO ATÉ LHE EMPRESTAR O CÉRBERO, MAS TEM UMA CONDIÇÃO...
VOCÊ NÃO PODE USAR NENHUMA ARMA CONTRA ELE.
ENTÃO, SE VOCÊ QUER MEU CÃOZINHO, VAI TER QUE...
... AMANSÁ-LO!

UFFFFF!
TCHĀĀĀĀĀĀĀĀ!
TCHĀĀĀĀĀĀĀĀĀ!
UFFFFF! TCHÁÁÁÁÁÁÁÁÁ!

À LUZ DO DIA...

... CÉRBERO PERDE SUA FORÇA.
HÉRCULES LEVOU CÉRBERO PARA MICENAS.

SÓ QUERO VER A CARA DO EURISTEU QUANDO VIR ESSE CACHORRO!
PEGA, CÉRBERO!

HÉRCULES SOLTOU CÉRBERO E DEIXOU-O VOLTAR PARA O SUBTERRÂNEO LOGO DEPOIS DE MOSTRÁ-LO A EURISTEU. E COM ISSO ESTAVA CUMPRIDA A ÚLTIMA TAREFA. HÉRCULES FORA PUNIDO PELA MORTE DE SUA FAMÍLIA E GANHARA O DIREITO DE VIVER ENTRE OS DEUSES DEPOIS DE MORRER... JÁ EURISTEU...
... ELES FORAM EMBORA **MESMO**?
FIM

OUTROS PERSONAGENS E MITOS

A mitologia grega está cheia de personalidades interessantes e intensas. Esses personagens têm origem em inúmeras lendas e mitos. Abaixo, uma pequena seleção de heróis, reis, monstros e deuses.

Afrodite – Deusa do amor e da beleza. Nasceu já adulta, da espuma do mar, em Pafos, na ilha de Chipre.

Amazonas – Poderosas guerreiras que não admitiam homens em suas terras, a não ser quando desejavam ter filhos. Foram derrotadas por Teseu.

Apolo – Deus da música e da poesia. Era filho de Zeus e é associado ao culto do Sol.

Aquiles – Herói grego que lutou na guerra de Troia. Era imune a ferimentos – o único lugar onde podia ser atingido era o calcanhar. Matou Heitor, mas morreu, por sua vez, vítima de Páris.

Ares – Filho de Zeus e de Hera; deus da guerra.

Ártemis – Deusa da Lua e irmã gêmea de Apolo.

Atena – Deusa da guerra e da sabedoria. Nasceu já adulta, da cabeça de Zeus. A cidade de Atenas lhe deve o nome.

Centauros – Raça de criaturas com a metade superior do corpo em forma de homem e a metade inferior em forma de cavalo.

Hades – Deus dos mortos e governante do mundo subterrâneo.

Harpias – Monstros com metade do corpo de mulher, metade de pássaro.

Hera – Esposa de Zeus, protetora das mulheres e do casamento. Ajudou Jasão, mas era inimiga de Hércules.

Medusa – Nome da mais terrível das Górgonas. Ainda que mortal, era impossível matá-la, porque seu olhar petrificava quem a visse. Foi derrotada por Perseu, com ajuda de Atena.

Minotauro – Criatura que era meio homem e meio monstro. Era filho de Pasífae (esposa de Minos) e um touro dos mares. Minos o guardava em um labirinto construído por Dédalo e o alimentava com jovens atenienses. No fim, foi derrotado por Teseu.

Pandora – A primeira mulher, criada por Hefesto. Zeus lhe deu uma caixa, que ela não deveria nunca abrir. Curiosa, acabou não resistindo e, ao abri-la, liberou ao mundo todos os males.

Pégaso – Cavalo alado, nascido do sangue da Medusa depois que Perseu a matou.

Perseu – Filho de Zeus e Dânae. Acrísio, seu padrasto, ordenou que ele e sua mãe fossem jogados ao mar em uma caixa. Ele sobreviveu e, adulto, matou a Medusa.

Poseidon – Deus das águas e dos mares. Irmão de Zeus e de Hades, é representado segurando um tridente.

Teseu – Rei de Atenas e herói nacional. Conquistou as amazonas e matou o Minotauro.

Titãs – Os doze filhos de Urano e Gaia. A mais antiga geração de deuses. Zeus e Hera eram filhos de Cronos, um dos Titãs. Quando Zeus e os outros deuses do Olimpo chegaram ao poder, tiveram de enfrentar a oposição dos Titãs, mas acabaram vencendo.

Zeus – Deus do céu e soberano do Olimpo, esposo de Hera. Teve muitos filhos com muitas deusas e mortais – dentre eles, Perseu.

MAIS INFORMAÇÕES

MUSEUS

Museu de Arqueologia e Etnologia
Av. Prof. Almeida Prado, 1466
Cidade Universitária – São Paulo
Telefone: (11) 3091-4905
http://www.mae.usp.br

SUGESTÕES DE LEITURA

MACDONALD, Fiona. *Como seria sua vida na Grécia antiga?* São Paulo: Scipione, 2005.

WILLIAMS, Márcia. *Mitos gregos: o voo de Ícaro e outras lendas*. Trad. Luciano Vieira Machado. São Paulo: Ática, 2004.

HOMERO. *Ilíada*. Trad. e adapt.: José Angeli. São Paulo: Scipione, 2010.

GUASCO, Luiz. *Eros e Psique*. São Paulo: Scipione, 2011.

ÍNDICE

Este livro foi composto em ITC Souvenir e ITC Kabel Ultra
e impresso em papel Couché Matte 150 g/m².